Michael Ende · Regina Kehn
Der lange Weg nach Santa Cruz
Thienemann

»Beim Gongschlag ist es sieben Uhr fünfzehn«, sagte das Radio.

»Hör auf, in deinen Flocken rumzumatschen, Hermann«, sagte der Vater.

»Und trink deine Milch aus, Hermann«, sagte die Mutter. »Nun mach schon endlich«, sagte der Vater.

»Du mußt dich beeilen«, sagte die Mutter.

»Und trödel unterwegs nicht herum, Hermann«, sagte der Vater.

»Sonst kommst du wieder zu spät zur Schule, Hermann«, sagte die Mutter.

»Mit deinen Noten kannst du dir so was weiß Gott nicht leisten«, sagte der Vater.

»Die kleine Carla macht uns im Moment schon genug Sorgen mit ihren Masern«, sagte die Mutter. »Sie hat die ganze Nacht geweint.«

»Und schmeiß beim Weggehen gefälligst nicht wieder die Tür so zu, Hermann«, sagte der Vater.

»Sonst weckst du das kranke Schwesterchen auf, Hermann«, sagte die Mutter.

»Wir bringen nun die Sendung 'Heitere Klänge zum Wochenanfang'«, sagte das Radio.

Hermann (acht Jahre und drei Monate alt, 125 Zentimeter groß, 35 Kilo Lebendgewicht, rothaarig und sommersprossig), an den alle diese elterlichen Ermahnungen gerichtet waren, erhob sich leise vom Frühstückstisch, ging leise auf den Flur hinaus, zog sich leise seinen Regenmantel an, schnallte sich leise seinen Schulranzen auf den Rücken, wickelte sich leise seinen Schal um den Hals, setzte sich leise seine Mütze auf, öffnete leise die Wohnungstür, ging leise hinaus und

schmiß die Tür mit solcher Wucht hinter sich zu, daß das ganze Mietshaus bis in seine Grundmauern erzitterte. Einen Augenblick blieb er stehen und lauschte, bis er hörte, daß das Schwesterchen zu brüllen anfing, dann nickte er befriedigt und rannte, immer drei Stufen auf einmal nehmend, die Treppe hinunter, wodurch alle Mitbewohner des Hauses ausnahmslos und unüberhörbar von der wichtigen Tatsache in Kenntnis gesetzt wurden, daß Superhermann sich mit Lichtgeschwindigkeit auf den Schulweg gemacht hatte.

Auf der Straße regnete es. Das war nichts Neues, es regnete schon seit Tagen. Es war kein lustiger Platschregen, sondern ein dünner, grämlicher Nieselregen, nur gerade stark genug, daß einem die Kälte und Nässe in die Ärmel und in den Halskragen kroch. Ein Regen, der sich auf einen längeren Aufenthalt eingerichtet hatte. Er erinnerte Hermann irgendwie an Tante Erna, die immer, wenn sie kam, sagte: »Ich will euch überhaupt nicht stören, ich bleibe nur ein, zwei Tage« – und die dann gewöhnlich einen ganzen Monat blieb und vorwurfsvoll auf dem Sofa saß.

Obendrein war es auch noch ein Montag. Es gibt vieles, was man gegen Montage haben kann, und um diese frühmorgentliche Stunde war die Stadt voll von Leuten, die alle etwas gegen Montage hatten. Das konnte man an ihren Gesichtern sehen. Für Hermann war das Unerfreulichste an Montagen, daß sie ihn unerbittlich vor die Notwendigkeit stellten, wieder eine ganze Woche lang seine kostbare Jugendzeit mit dem Lernen von Rechtschreiben, Einmaleins und ähnlichem Quatsch zu verplempern. Und das zu einer Tageszeit, zu der es nirgends so schön war wie im warmen Bett.

Logisch, dachte Hermann und lächelte bitter, gerade deshalb bestanden die Lehrer ja darauf, so früh am Morgen anzufangen. Denen ging es ja nur um eines: Möglichst vielen wehrlosen Kindern das Leben zu vermiesen. Ohne diese Möglichkeit machte ihnen wahrscheinlich der ganze Schulbetrieb keinen Spaß mehr.

Und die Eltern, die waren natürlich immer auf seiten der Lehrer. Mit denen war in diesem Punkt einfach nicht zu reden. In Wirklichkeit waren sie ja bloß froh, einen endlich los zu sein – vor allem, seit Carla die Masern hatte. Als ob das schon was Besonderes wäre! Masern hatte er schon lang gehabt, trotzdem durfte er nicht in das Zimmer hinein, wo das Schwesterchen lag. Obwohl er doch nie wieder Masern kriegen würde, das war wissenschaftlich erwiesen. Mit ihm hatten die Eltern allerdings nicht so viel Theater gemacht, obwohl er doch ihr einziges Kind war, damals jedenfalls.

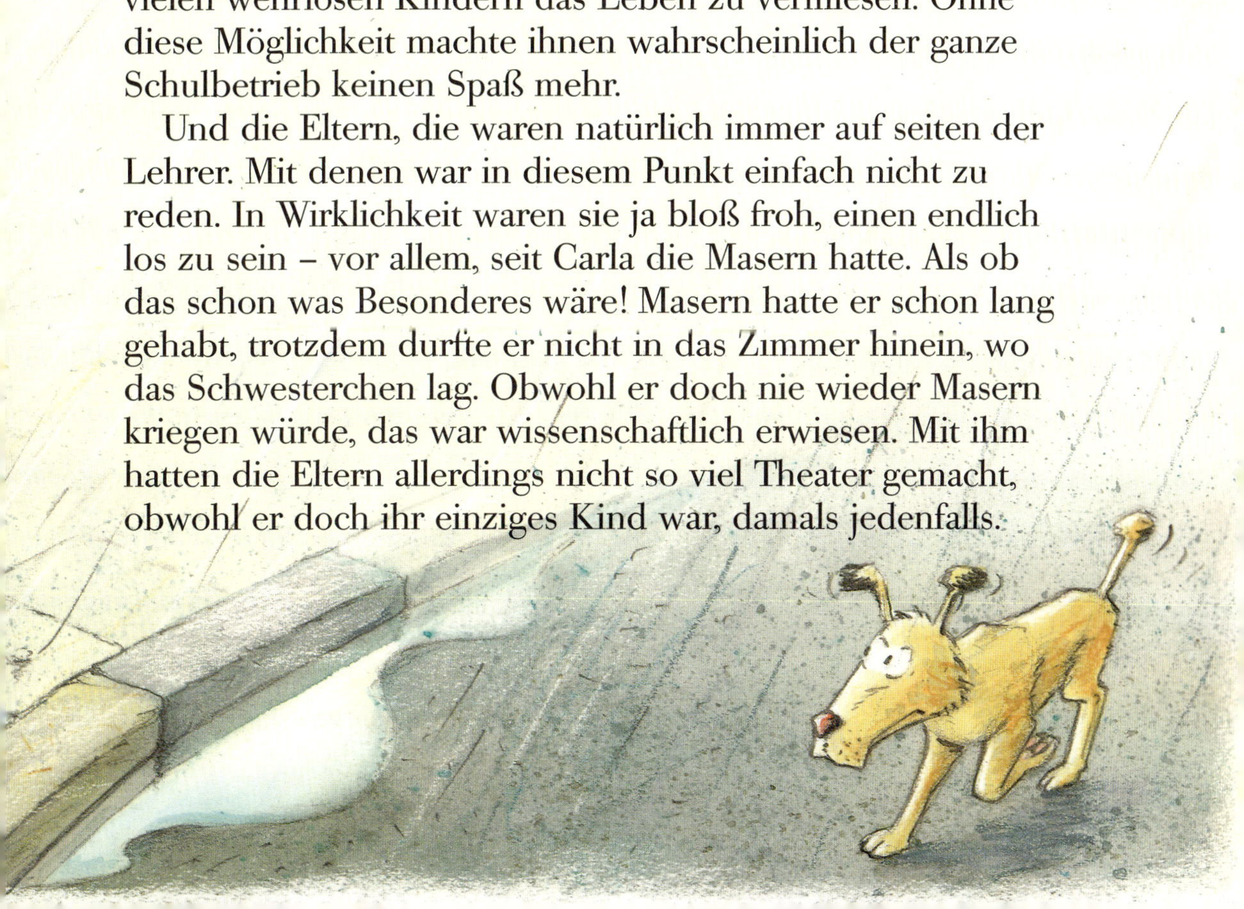

Carla war jetzt zweieinhalb Jahre alt und zu nichts richtig zu gebrauchen, weder zum Spielen, noch zum Reden, schon gar nicht zum Raufen. Immer mußte man vorsichtig mit ihr sein – Carla hinten und Carla vorne – als ob sie aus lauter Zuckerguß wäre.

Und Hermann war seither total abgeschrieben, war bloß noch der Niemand aus Nirgendhausen. Na gut, wie sie wollten. Es sollte ihnen noch leid tun …

Hermann fühlte die Wut ganz dick in seinem Hals.

Er kam am Schaufenster eines Reisebüros vorüber und blieb stehen. Vor dem Hintergrund ferner Länder und Städte voller Palmen und Wolkenkratzer blickte ihn sein eigenes Spiegelbild aus der Glasscheibe an.

Er betrachtete sich prüfend und drehte langsam den Kopf nach links und rechts. Ohne Zweifel, seine Gesichtszüge waren leidzerfurcht, sozusagen weit über seine Jahre gereift. Das kam eben von all dem Unrecht, das er seit langem schweigend erduldete.

Für einen wie ihn, einen, den niemand liebte, gab es eigentlich nur den Weg ins Verbrechen. Jawohl, er würde Gangster werden. Zum Beispiel in Chicago oder Shanghai. Die Zeitungen der ganzen Welt wären jeden Tag voll mit seinen neuesten Untaten, mit Bankeinbrüchen, Raubüberfällen auf Geldtransporte, wilden Schießereien mit feindlichen Banden. Er würde ganze Städte terrorisieren und die Polizei wäre machtlos. Na ja, irgendwann würde es natürlich doch ein schlimmes Ende mit ihm nehmen, die gerechte Strafe würde ihn ereilen. Man weiß ja aus dem Kino, daß sich das Verbrechen letzten Endes nicht lohnt, leider, aber während er verblutete, würde er dem Kommissar noch ins Ohr flüstern: »Grüßen Sie meine alten Eltern, die daran schuld sind, daß es so weit mit mir gekommen ist, und sagen Sie ihnen, daß ich ihnen vergebe…« Danach würden sich seine bleichen Lippen für immer schließen. Er würde niemanden auf der Welt mehr stören.

Hermann schluckte und holte tief Luft. Seine Unterlippe zitterte ein bißchen, aber er zwang sich, ein möglichst steinernes Gesicht zu machen, wie es sich für einen von der ganz harten Sorte gehörte.

Vielleicht würde er auch zur Fremdenlegion gehen und dort unter falschem Namen kämpfen und sterben, ordenbedeckt natürlich und unter allen Kameraden berühmt wie dieser Wie-hieß-er-doch-noch im Fernsehen neulich.

Nur die Eltern würden nie etwas davon erfahren, weil niemand wußte, wer er wirklich war. Allerdings war sich Hermann nicht ganz sicher, ob Achtjährige in die Fremdenlegion aufgenommen wurden. Eher wohl nicht. Aber jahrelang warten kam auch nicht in Frage. Also doch besser Chicago oder Shanghai. Bloß – wie konnte er dorthin kommen? Am einfachsten wahrscheinlich durch eine Flugzeugentführung. Der Vater selbst hatte doch neulich gesagt, das sei überhaupt kein Kunststück, wenn man nur erst mal mit einer Pistole bewaffnet im Passagierraum und das Flugzeug in der Luft wäre. Dann hätten die Piloten nämlich gar keine andere Wahl, als jedem Befehl zu gehorchen.

Also gut, sagte sich Hermann, nehmen wir mal an, ich bin per Flugzeugentführung nach Chicago oder Shanghai gekommen – was ist dann?

Dann würde es auch dort mit ziemlicher Sicherheit überall Schulen geben, in die man gehen mußte. Es war leider nirgendwo auf der Welt mehr so wie in früheren Zeiten, als es noch unerforschte und vor allem lehrerlose Länder gab. Da konnte er genausogut bleiben, wo er war. Außerdem stand es ja sowieso fest, daß es in Chicago oder Shanghai genau in dem Augenblick, in dem er dort ankäme, zu regnen beginnen würde. Klar würde es regnen. Es wäre geradezu typisch für sein Schicksal, daß es dort regnete.

Die ganze Welt war eben gegen ihn. Und darum war er die ganze Welt leid. Er paßte nicht in sie hinein und sie legte keinen Wert auf ihn. Dummerweise gab es bloß keine andere.

Hermann schreckte aus seinen Gedanken auf, weil das Glockenspiel über dem Uhrengeschäft Mohn & Co an der Ecke zu bimmeln anfing und ihm zeigte, daß er schon wieder mal um zehn Minuten zu spät dran war. Jetzt mußte er wirklich rennen, um die versäumte Zeit noch einzuholen, wenn er die übliche Standpauke von Frau Dr. Wässerle vermeiden wollte.

Allerdings, dachte Hermann, während er lostrabte, war ihm die Strafpredigt auf jeden Fall sicher, ob nun fürs Zuspätkommen oder für irgend etwas anderes. Über die meisten Dinge auf der Welt gab es ja unter den Leuten ganz verschiedene Meinungen, aber über *einen* Punkt waren sich offenbar alle einig, nämlich darüber, daß Hermann auf keinen Fall so bleiben durfte, wie er war.

Pausenlos versuchte jemand, ihn umzukrempeln, ihn zu ändern, ihn zu verbessern. Manche mit Schimpfen und Strafen, andere mit gutem Zureden. Unter den Lehrern gab es sogar ein paar ganz große Schlauberger – Herr Röhr zum Beispiel oder Fräulein Knietsch –, die ihm weismachen wollten, sie wären seine Freunde. Sie bildeten sich wahrscheinlich ein, daß er nicht merkte, wie sie ihn einzuwickeln versuchten. Aber Hermann merkte es und tat ihnen absichtlich nicht den Gefallen, ein netter, braver Junge zu sein. Er war wie er war – und damit mußte sich die übrige Menschheit abfinden. Wenn es niemanden auf der Welt gab, der seine besonderen Fähigkeiten zu schätzen verstand, dann konnte ihm die ganze Welt gestohlen bleiben.

Besondere Fähigkeiten? Welche zum Beispiel?

Zum Beispiel – fiel ihm jetzt gerade keine ein, aber er hatte massenhaft.

Hauptsächlich konnte er alles mögliche, was andere Leute als »brotlose Künste« bezeichneten. Er konnte trommelfellzerreißend auf zwei Fingern pfeifen; er konnte Handstand-Überschlag; er konnte unglaubliche Grimassen schneiden; er konnte freihändig radfahren; er konnte einige Zauberkunststücke mit Korken und Münzen vorführen; er konnte … na, jedenfalls eine ganze Menge, wovon selbst seine Klassenkameraden keine Ahnung hatten. Sie würden es auch niemals mehr erfahren. Dieser alberne Kindergarten interessierte ihn nicht mehr. Darüber war er längst hinausgewachsen. Von jetzt an würde er nur noch seine eigenen, geheimen Wege gehen, einsam und unerreichbar für alle.

Hermann setzte sich in Galopp – nicht allzu schnell, nur gerade so viel, daß er später ohne direkte Lüge behaupten konnte, er habe sich nach besten Kräften geeilt.

Da hörte er Sirenengeheul.

Sofort verlangsamte er seine Schritte wieder. Ein Feuerwehrauto raste vorüber, gleich danach noch eines und ein drittes. Hermann blieb stehen und schaute den Wagen hoffnungsvoll nach.

Vielleicht brannte die Schule.

Sie waren zweifellos in die Richtung gefahren, in der die Schule lag. Es konnte doch sein, daß der Hausmeister, Herr Knöllinger, der im Keller des Schulhauses wohnte, mit einer brennenden Zigarre zwischen den Fingern eingeschlafen war. Die Zigarre war in die Sofaritze gefallen, das Sofa hatte zu brennen angefangen ... Oder vielleicht hatte eine Ratte ein elektrisches Kabel angenagt und dadurch einen Kurzschluß verursacht, wodurch die Ölheizung explodiert war ... Oder ein Benzinkanister war ausgelaufen, oder eine alte Gasleitung war kaputtgegangen, oder die Frau vom Hausmeister hatte das Bügeleisen abzustellen vergessen, ehe sie ausgegangen war ...

Solche Sachen passierten doch alle Tage irgendwo in der Stadt, warum eigentlich nicht auch mal in der Schule?

Wenn man es sich richtig überlegte, dann gab es so unzählig viele Möglichkeiten für den Ausbruch eines Brandes, daß schon ein Wunder hätte geschehen müssen, wenn ausgerechnet die Schule davon ausgenommen gewesen wäre.

Aber wenn sie tatsächlich hellichterloh in Flammen stand, dann hatte es nicht mehr den geringsten Sinn, zu rennen wie verrückt. Falls es die Feuerwehr nicht schaffte, dann würde auch Hermann die Schule nicht mehr retten können, selbst wenn er es unter Einsatz seines Lebens versuchen würde.

Er sah die Situation deutlich vor sich. Wenn er hinkäme, dann würden die Feuerwehrleute ratlos mit ihren Schläuchen in der Hand um das brennende Gebäude herumstehen.

»Was ist los?« würde Hermann fragen. »Warum wird hier nicht gelöscht?«

»Das möchten wir ja gerne«, würde der Feuerwehrhauptmann sagen, »aber wir können nicht. Wir kennen uns doch dort drin nicht aus. Wir brauchen jemanden, der uns führt. Aber dazu ist niemand bereit.«

»Warum nicht«, würde Hermann fragen und seinen Blick über die gaffende Volksmenge streichen lassen, »dort drüben sehe ich doch ein paar von den Lehrern. Reden Sie doch mit denen.«

»Das haben wir schon«, würde der Feuerwehrhauptmann antworten, »aber sie weigern sich. Sie haben ganz einfach Angst.«

»Wenn es so ist«, würde Hermann mit einem schiefen Lächeln sagen, »dann übernehme ich das. Folgen Sie mir, meine Herren!«

Und ohne auch nur einen Augenblick zu zaudern würde er sich in die meterhohen, prasselnden Flammen stürzen, gefolgt von dem Trupp der Feuerwehrmänner, die aus allen Rohren spritzten.

Allerdings wäre es wegen der Ängstlichkeit der Lehrer inzwischen leider schon zu spät. Die Schule würde nicht mehr zu retten sein. Damit mußten sie sich abfinden, es war ja ihre eigene Schuld.

Hermann war sich noch nicht ganz im klaren darüber, ob er sich als Held in den brausenden Flammen opfern würde, oder ob er doch lieber am Leben bleiben sollte, um ein Fernsehinterview zu geben. Aber dann verzichtete er auf die Entscheidung, denn wie er die Erwachsenen kannte, würden sie ihm sowieso nicht erlauben, die Löscharbeiten zu leiten. Bitte sehr, dann mußten sie eben zusehen, wie sie allein zurande kamen. Ihm war es schließlich egal, ob die Schule gerettet wurde. Damit war die Sache für ihn erledigt. Wozu sollte er überhaupt noch hingehen.

Ärgerlicherweise bestand da immer noch eine winzige, wenn auch höchst unwahrscheinliche Möglichkeit, daß die Schule eben doch nicht brannte und die Feuerwehr irgendwo anders zu tun hatte.

Hermann seufzte und setzte sich in Bewegung, ein bißchen weniger eilig als vorher, aber immerhin noch in der richtigen Richtung.

Als er die Straßenkreuzung erreichte, wo er nach rechts abbiegen und die Fahrbahn überqueren mußte, lief er fast in einen Mann hinein, der auf dem Bauch und auf dem Rücken je eine Plakattafel trug. Darauf waren in bunten Farben ein Clown abgebildet und eine goldblonde junge Dame in glitzerndem Badeanzug, die von einer grünen Riesenschlange umwickelt war. Darüber stand in knallroten Lettern:

HEUTE GROSSE GALAVORSTELLUNG
IM ZIRKUS PANDALI

Hermann ging hinter dem Mann her, um das Plakat gründlich zu studieren.

Der Mann war unrasiert und
drehte einen kalten Zigarrenstummel
zwischen den Lippen hin und her.
Der Regen tropfte ihm von der
Hutkrempe.
Als er den Jungen bemerkte,
der ihm folgte,
zwinkerte er ihm kurz
mit einem Auge zu.

Hermann schaute sich um. Keiner der Passanten schien es gesehen zu haben. Das Zwinkern hatte ohne Zweifel nur ihm gegolten. Es hatte sogar irgendwie vertraulich gewirkt, so als gäbe es eine geheime Verabredung zwischen dem Mann und ihm.

Was denn für eine Verabredung? Hermann überlegte. Den Mann kannte er nicht, soviel stand fest. Vielleicht hing es mit der Riesenschlange zusammen.

Riesenschlangen – das hatte er einmal gelesen – werden manchmal in großen Körben transportiert. Aber Körbe, vor allem wenn sie alt sind, können Löcher bekommen. Und aus einem solchen durchlöcherten Korb war die Riesenschlange wahrscheinlich entlaufen – oder mußte man in diesem Fall sagen: entkrochen? Und nun suchte der Mann nach ihr.

Aber warum hatte er dann gerade ihm zugezwinkert? Ganz klar, er suchte überhaupt nicht nach der Schlange, er wußte längst, wo sie war. Wonach er suchte, das war einer, der die Schlange einfangen konnte. Das war das Problem.

Die Riesenschlange hieß Fatima und war wasserscheu, jedenfalls mochte sie keinen Regen. Deshalb war sie in ein Haus gekrochen, die Treppen hinauf, immer höher und höher, bis sie eine Wohnungstür fand, die zufällig offenstand. In der Wohnung gab es ein Baby, das ahnungslos in seinem Kinderbettchen schlief. Unmittelbar davor hatte sich Fatima aufgerichtet wie ein riesiges Fragezeichen. Die verzweifelten Eltern standen im Flur und bissen sich in die Fäuste.
Sie wagten nicht, sich zu rühren, um
die Schlange nur ja nicht zu reizen.

Hermann verstand völlig, warum der Mann ihm schweigend zugezwinkert hatte. Das bedeutete: Folge mir unauffällig! Die Bevölkerung darf auf keinen Fall von der schrecklichen Gefahr wissen, in der die ganze Stadt schwebt, sonst würde Panik ausbrechen und alles wäre verloren. Nur ein Spezialist wie du, der alles über Schlangen weiß, kann die Situation noch retten.

Selbstverständlich war Hermann bereit, das Leben des Babys zu retten, obwohl er sich aus Babys ganz allgemein nicht gerade viel machte. Trotzdem, auch sie waren so etwas wie menschliche Wesen und hatten Anspruch auf Rettung, selbst wenn man dafür ein paar Schulstunden opfern mußte. Da lag dieser hilflose Säugling, vor ihm ringelte sich die Riesenschlange mit aufgerissenem Rachen – wer hätte da guten Gewissens sagen können: »Tut mir leid, aber ich muß leider dringend in die Schule.« Das hörte sich verdächtig nach einer feigen Ausrede an. So gemein würde Hermann sich niemals verhalten. Vor allem, da er doch der einzige war, der die Situation retten konnte.

Mit entschlossenem Gesicht marschierte er hinter dem Mann mit den Plakaten her. Er war bereit.

Sobald sie in der Wohnung ankämen, würde er als erstes alle anderen Personen fortschicken, nur aus Vorsorge, damit niemand zu Schaden käme. Er wäre mit der gefährlichen Bestie allein. Auge in Auge würden sie sich gegenüberstehen. Riesenschlangen können ja, wie man weiß, ihre Opfer hypnotisieren. Aber Hermann konnte auch hypnotisieren. Er war sogar der größte Hypnotiseur der Welt. Genau deshalb hatte man ihn ja zu Hilfe gerufen.

Ein gewaltiger, schweigender Kampf würde zwischen ihm und Fatima beginnen, ein Ringen innerer Kräfte, von dessen Furchtbarkeit normale Menschen nicht die blasseste Vorstellung haben. Er würde das Tier keine Sekunde aus dem Griff seiner unbeugsamen Willenskraft entlassen – bis es schließlich der Überlegenheit des menschlichen Geistes nachgeben und sich starr wie eine Bohnenstange auf dem Teppich ausstrecken müßte.

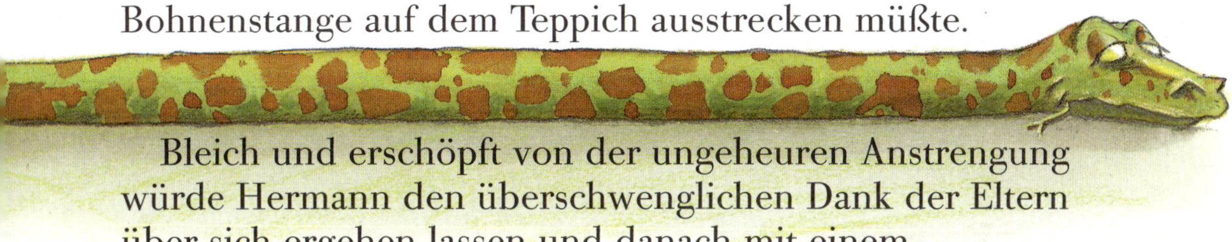

Bleich und erschöpft von der ungeheuren Anstrengung würde Hermann den überschwenglichen Dank der Eltern über sich ergehen lassen und danach mit einem geheimnisvollen Lächeln auf den Lippen in der Menschenmenge, die sich inzwischen angesammelt hatte, verschwinden – ein rätselhafter Fremder, über den niemand Genaueres wußte.

Der Mann mit den Plakattafeln blieb plötzlich stehen, drehte sich um und musterte seinen Verfolger mit fragendem Blick, sagte aber nichts.

»Entschuldigung«, stotterte Hermann verwirrt, »die Riesenschlange … ich meine, ich wollte nur … wo ist sie denn?«

Der Mann kaute auf seinem kalten Zigarrenstummel und schien nicht recht zu verstehen. »Ha?« machte er.

»Und das Baby?« erkundigte sich Hermann. »Ich wollte nur wissen, ob Fatima … also die Riesenschlange da …«

»Nix Riesenschlang'«, sagte der Mann in gebrochenem Deutsch, »haben wir iberhaupt kein' Riesenschlang mehr. Is' bloß auf Plakat, weil is' ibrig geblieben von voriges Jahr. Da haben wir gehabt großes Schlangennummer.

Aber sind wir arm, du versteh'? Nix genug Geld, du versteh'? Darum wir nix kenen drucken immer neies Plakat. So das hier is' noch das alte, du versteh'?«

»Ja«, meinte Hermann enttäuscht, »ich verstehe. Schade. Entschuldigung.« Und er drehte sich um und lief weg.

»Bittascheen«, antwortete der Mann und blickte ihm verwundert nach.

Es dauerte eine Weile, ehe Hermann herausfand, wo er eigentlich war. Im Eifer der Jagd nach der Riesenschlange hatte er nicht auf den Weg geachtet, den der Plakatmann ihn geführt hatte.

Als er schließlich zu der Straßenkreuzung zurückfand, zeigte die Ampel für Fußgänger Rot und er wartete.

Warum hatte er den Mann vom Zirkus eigentlich nicht einfach gefragt, ob sie in ihrer Truppe vielleicht gerade einen kleinen Jungen brauchten? Zum Beispiel als Liliputaner. Oder als dummen August. Nein, lieber als Akrobat. Das Orchester würde einen Trommelwirbel spielen und während das tausendköpfige Publikum den Atem anhielt, würde Hermann – genannt Ermanio –, von einem Sprungbrett emporgeschleudert, mit einem dreifachen Saltomortale als oberster auf einem Turm von sechs Männern landen. Der Applaus wäre ohrenbetäubend. Den Reportern, die aus der ganzen Welt herbeiströmten, würde er sagen: »Meine Herren, das alles hat sehr einfach angefangen – mit einem Handstand-Überschlag, den ich als kleiner Junge dem Zirkusdirektor vormachte und der daraus sofort meine einzigartige akrobatische Begabung erkannte …

Die Ampel zeigte immer noch Rot.

Oder als Zauberkünstler, ja, das war noch besser. Der geheimnisumwitterte Mister X in Frack und Zylinder und mit schwarzem Umhang. Die Tricks mit den Korken und Münzen würden dazu natürlich nicht mehr ganz ausreichen, aber sie waren ein guter Anfang.

Zum Beispiel würde er richtig Hellsehen können. Und Gedankenübertragung war für ihn eine Kleinigkeit. Er würde die unwahrscheinlichsten Dinge nur durch seine Gedankenkraft erscheinen oder verschwinden lassen – Autos, Elefanten, sogar sich selbst.

Die Ampel stand nach wie vor auf Rot.

Jetzt kam es Hermann so vor, als ob sie auch vorher schon die ganze Zeit auf Rot gestanden hätte. Vielleicht funktionierte sie nicht mehr. So was kam vor. Manchmal zeigten Verkehrsampeln stundenlang die gleiche Farbe, es gab Autostaus und ein Riesendurcheinander, bis endlich ein Spezialtechniker vom Verkehrsampelzentralwerk herbeigerufen wurde, um die Sache in Ordnung zu bringen. Aber wer weiß, ob dieser Mann gerade heute nicht irgendwo anders beschäftigt war und erst gesucht werden mußte – mit dem Hubschrauber zum Beispiel, weil er gerade im Gebirge zu tun hatte. Und inzwischen waren in der ganzen Stadt oder sogar im ganzen Land die Verkehrsampeln stehengeblieben, durch einen Sabotageakt feindlicher Agenten. Die hatten nämlich besondere Strahlengeräte, mit denen sie alles lahmlegen konnten. Und solange man ihre Geheimzentrale nicht entdeckt hatte, würde nichts weitergehen.

Niemand konnte von Hermann verlangen, daß er hier im Regen stehenblieb und auf das Ende der Geschichte wartete. Und einfach bei Rot über die Straße gehen – also nein, das kam überhaupt nicht in Frage. Sogar die Lehrer mußten einsehen, daß sie so etwas von niemandem fordern durften. Schließlich hatten sie es den Schülern ja selbst immer und immer wieder eingeschärft, daß man bei Rot auf keinen Fall über die Straße gehen darf. Daran mußten sie sich nun auch gefälligst halten.

Bloß weil es diesmal um ihre eigenen Schulstunden ging, konnten sie schließlich nicht auf einmal ganz anders daherreden. Mal so und mal so, wie es ihnen gerade paßte. Aber nicht mit Hermann! Nein, mit ihm konnten sie das nicht machen! Er würde umkehren und nach Hause gehen – oder irgendwo anders hin, jedenfalls nicht bei Rot über die Straße.

Aber als der große Zauberer, der er im Augenblick noch war, beschloß Hermann, einen letzten Versuch zu machen. Er wollte seine unglaubliche Gedankenkraft einsetzen, um die Pläne der feindlichen Agenten zu vereiteln.

Er fixierte die Ampel scharf mit seinem magischen Blick und siehe da, im selben Augenblick funktionierte sie wieder und sprang auf Grün.

Der geheimnisumwitterte Mister X ging über die Straße und war sich ganz und gar nicht sicher, ob er seine unglaubliche Gedankenkraft nicht besser auf etwas anderes angewendet hätte.

Vor ihm humpelte gebückt eine arme, alte Frau. In einer Hand hielt sie ihren aufgespannten Regenschirm, in der anderen schleppte sie eine große schwere Einkaufstasche.

Hermann ging hinter ihr her und beobachtete sie besorgt.

Wie leicht konnte die arme Frau etwas aus ihrer Einkaufstasche verlieren, etwas, das sie sehr nötig brauchte, zum Beispiel einen Tausendmarkschein. Sie würde es gar nicht merken und auch sonst niemand, und die Banknote würde vom Regenwasser in den nächsten Gully gespült werden und für immer weg sein. Das einzige Hab und Gut der armen alten Dame! Das mußte man selbstverständlich verhindern. Man mußte den Geldschein sofort auffischen und der Eigentümerin zurückgeben.

Vielleicht würde sich dann herausstellen, daß sie sich

nur als arme, alte Frau verkleidet hatte. In Wirklichkeit war sie eine Gräfin mit einem Schloß voller Schätze und Pferdekutschen und Diener. Das erklärte natürlich auch den Tausendmarkschein, denn der war Hermann gleich ein bißchen komisch vorgekommen bei einer armen, alten Frau.

Jedenfalls würden sie durch die Rückgabe des Geldes ins Gespräch kommen, und sie würde ihn einladen zu Kakao und Kuchen, um ihn näher kennenzulernen. Später würde sie ihn dann wegen seiner Ehrlichkeit an Kindesstatt annehmen – sie hatte nämlich keine eigenen Nachkommen oder Erben. Danach mußten sich die Lehrer in der Schule dann tief vor ihm verbeugen und ihn mit Durchlaucht oder so ähnlich anreden, und seinen Eltern würde es jetzt leid tun, daß sie ihn nicht besser behandelt hatten, aber er würde ihnen großmütig verzeihen. Vielleicht würde er ihnen sogar erlauben, im Schloß zu wohnen. Im Pförtnerhaus natürlich. Wenigstens in den Ferien. Oder ab und zu mal. Schließlich hatten sie ja Carla, die ihr ein und alles war. Sie hatten es selbst so gewollt, und nun mußten sie sich eben damit abfinden. Das war nur gerecht.

Hermann ließ die große Tasche vor sich nicht eine Sekunde aus den Augen, aber nichts fiel heraus. Und schließlich verschwand die arme, alte Frau in einem Hauseingang. Es war wohl doch keine verkleidete Gräfin gewesen.

Hermann seufzte und blieb stehen.

Im Augenblick wußte er nicht mehr, wo er eigentlich hingelaufen war – jedenfalls war er ziemlich weit von seinem Schulweg abgekommen.

Irgendwo in der Umgebung schlug eine Turmuhr achtmal, und Hermann fühlte einen leichten Stich in der Magengrube. Jetzt war es eindeutig zu spät, die Schule fing in diesem Moment an, er würde auf jeden Fall zu spät kommen. Jetzt gab es nur noch zwei Möglichkeiten: Entweder er würde einen guten Entschuldigungsgrund finden – einen, gegen den niemand auf der Welt etwas einwenden konnte – oder er würde besser überhaupt nicht mehr hingehen.

Die zweite Möglichkeit stellte er zunächst einmal zurück, auf sie konnte er immer noch zurückgreifen. Sie würde ihm zwar einen schulfreien Vormittag einbringen, aber auch eine Menge Scherereien. Er mochte lieber gar nicht daran denken. Also faßte er die erste der beiden Möglichkeiten ins Auge, die mit dem guten Entschuldigungsgrund.

In dem Haus, vor dem er gerade stand, befand sich ein kleiner Laden für Tabakwaren und Zeitungen. Hermanns Blick schweifte über die verschiedenen Titelseiten. Auf allen stand oben drüber »Montag« und das Datum.

Hermann begann scharf zu überlegen.

Woher wollten eigentlich alle Leute so genau wissen, daß heute Montag war? Gab es vielleicht irgend etwas Besonderes an einem Montag, etwas, das anders aussah als ein Donnerstag oder ein Mittwoch? Bei Kartoffeln zum Beispiel konnte man ganz eindeutig sagen, daß es Kartoffeln waren und keine Bananen, und Bananen sahen wieder ganz anders aus als Salat – aber ein Montag? Stand es vielleicht irgendwo an ihm dran, daß er ein Montag war?

Natürlich, alle *glaubten* ganz einfach, daß heute Montag

wäre, aber das war strenggenommen überhaupt kein wissenschaftlicher Beweis. Früher hatten ja auch alle Leute geglaubt, daß die Erde flach sei wie ein Teller und nicht rund wie ein Ball. Wenn alle etwas Falsches glauben, wird es dadurch noch lange nicht richtig.

Angenommen, sagte sich Hermann, irgendwann im Lauf der Jahrhunderte oder sogar Jahrtausende – also zum Beispiel vor achthundertsiebenundzwanzig Jahren – hat man sich einfach verzählt, nur so aus Versehen. Man hat einen Freitag übersprungen, aus purer Zerstreutheit. Bei der unvorstellbar großen Zahl von Tagen, die es seit der Erschaffung der Welt gegeben hat, wäre es doch wahrhaftig kein Wunder, wenn irgendwann mal ein solcher Irrtum vorgekommen wäre. Aber dann war ja heute überhaupt kein Montag, sondern ein Tag früher, also Sonntag! Und an einem Sonntag durfte man auf keinen Fall in die Schule gehen, selbst wenn man es noch so gern wollte.

Dieser Gedanke hatte in der Tat viel für sich. In diesem Fall brauchte Hermann sich selbstverständlich nicht fürs Zuspätkommen entschuldigen, weil er mit vollem Recht überhaupt nicht kommen würde. Im Gegenteil, die anderen waren alle im Unrecht und mußten sich einen guten Entschuldigungsgrund ausdenken, warum sie trotzdem in die Schule gingen.

Ehrlicherweise mußte Hermann allerdings zugeben, daß es auch noch die andere Möglichkeit gab, nämlich die, daß man in all den Jahrhunderten aus Versehen einen Tag zweimal gezählt hatte. Das war genausogut möglich.

In diesem Fall wäre dann heute Dienstag und, was die Schule betraf, kein Unterschied zu Montag.

Eines stand jedenfalls fest: Solange diese Frage nicht wissenschaftlich einwandfrei beantwortet war, mußten die Lehrer ohne Hermann auskommen. Es war ja geradezu verantwortungslos, wie leichtgläubig die Menschen in den Tag hineinlebten! Aber er, Hermann, gehörte nicht zu dieser gedankenlosen Masse. Er war Zeitforscher, und zwar der bedeutendste der Welt, vielleicht sogar der allererste. Er war der Pionier der Kalenderlogie und der Begründer einer nagelneuen Wissenschaft. Die verständnislosen Mitmenschen würden ihm natürlich allerhand Schwierigkeiten bereiten, das war ihm klar, aber das ging ja bekanntlich allen großen Forschern so, jedenfalls am Anfang. Später bekamen sie dann den Nobelpreis und standen in allen Lesebüchern.

Mit gerunzelter Stirn ging Hermann weiter, ohne auf den Weg zu achten.

Die Sache wissenschaftlich genau erforschen – das hörte sich gut an. Aber wie? Fragen konnte er ja natürlich niemanden, weil eben alle davon überzeugt waren, es sei Montag. Nachzählen ging auch nicht, denn wo sollte man mit dem Zählen anfangen? Von heute zurückzählen würde nichts bringen, weil man dann ja wieder davon ausgehen mußte, daß Montag oder Dienstag oder Sonntag war, und gerade das mußte ja erst mal bewiesen werden. Von der Erschaffung der Welt vorwärts zählen bis zum heutigen Tag ging auch nicht, weil niemand genau wußte, wann die eigentlich stattgefunden hatte.

Hermann seufzte. Seine Gedanken verwickelten sich immer mehr, und der Regen kroch ihm in die Ärmel und hinten in den Mantelkragen.

So schwierig hatte er sich das Problem eigentlich nicht vorgestellt. Da ihm absolut keine Lösung einfallen wollte, beschloß er nach einer Weile, lieber doch nicht der Begründer der wissenschaftlichen Kalenderforschung zu sein, sondern die Frage irgendwie anders zu lösen. Zum Beispiel durch ein Zeichen, ein Los, ein Orakel – ja, das war's! Das Schicksal sollte entscheiden.

Er schaute sich um und stellte fest, daß er auf einem Platz gelandet war, den er noch nie gesehen hatte. In der Mitte befand sich ein großer runder Brunnen, darum herum war der ganze Boden mit schwarzen und weißen Steinplatten gepflastert, die allerhand Muster bildeten. Es war genau das, was er jetzt für sein Schicksalsspiel brauchte.

Wenn es ihm gelang, die andere Seite des Platzes zu erreichen und dabei nur auf die weißen Steine zu treten, dann sollte das bedeuten, daß heute wirklich Montag war und er in die Schule gehen mußte. Ganz gleich, ob er inzwischen schon viel zu spät dran war oder nicht. War es aber beim besten Willen nicht möglich, so über den Platz zu kommen, dann war heute Sonntag und schulfrei. Er gab sich selbst das Ehrenwort, es nach besten Kräften zu versuchen und nicht dabei zu mogeln.

Eine ganze Weile lang hüpfte er auf dem Platz herum, vorwärts, nach links, nach rechts, oder auch wieder zurück, wenn es kein Durchkommen gab. Manchmal stand er auch längere Zeit balancierend auf einem Bein, weil er überlegen mußte und für zwei Füße kein Platz war. Er stellte sich vor, daß die schwarzen Steinplatten tiefe, finstere Abgründe waren, in die er unfehlbar hinunterstürzen würde, wenn er sie auch nur berührte. In der Dunkelheit dort unten hausten Giftschlangen, Skorpione und riesige Vogelspinnen, die mit ihren langen Beinen nach ihm heraufttasteten. Es wurde ihm richtig gruselig dabei. So gruselig sogar, daß er das ganze Spiel am liebsten aufgegeben hätte und einfach weggelaufen wäre. Aber das traute er sich nun auch nicht mehr. Er hatte das Schicksal herausgefordert, jetzt mußte er durchhalten, was auch immer geschehen würde. Er versuchte, die Vorstellung von den Abgründen und den Riesenspinnen zu verscheuchen, statt dessen kam ihm aber ein Gedanke,

der ihn noch viel mehr beunruhigte.

Die Muster, welche die schwarzen und weißen Steinplatten bildeten, waren nicht gleichmäßig, sondern überall ganz verschieden. Konnte es nicht sein, daß es sich dabei um irgendwelche Zeichen handelte, vielleicht sogar um geheimnisvolle Buchstaben aus einem unbekannten Alphabet? Und wer weiß, was er damit bewirkte, daß er einfach so auf ihnen herumhüpfte. Er kam sich vor wie jemand, der eine große, rätselhafte Maschine mit vielen Knöpfen und Tasten gefunden hat und nur mal so darauf herumdrückt, ohne zu wissen, was er tut. Da konnte ja alles mögliche geschehen! Vielleicht schrieb er mit seiner Hüpferei ganz unabsichtlich eine Art Zauberformel, durch die ein riesiges Monster aus dem Erdinneren geweckt und herbeigerufen wurde. Oder er selbst würde plötzlich auf einen anderen Planeten versetzt werden oder in die vierte Dimension oder so was ähnliches.

Er wagte auf einmal nicht mehr, sich zu bewegen.

Vielleicht war dieser ganze Platz aber auch extra dazu angelegt, um damit geheime Nachrichten zu übermitteln. Vielleicht gab es im Weltall draußen einen Satelliten, der jede von Hermanns Bewegungen aufzeichnete und an eine Spionagezentrale weiterleitete. Dort hatte seine Botschaft bereits hellichte Aufregung verursacht.

»Alarm!« schrien alle durcheinander. »Wer ist dieser Junge? Woher kennt er unser Geheimnis?«

»Eines steht jedenfalls fest«, sagte der Oberspionagechef mit finsterem Blick, »er ist eine tödliche Gefahr für uns. Er weiß zu viel. Bringt ihn mir her, tot oder lebendig!«

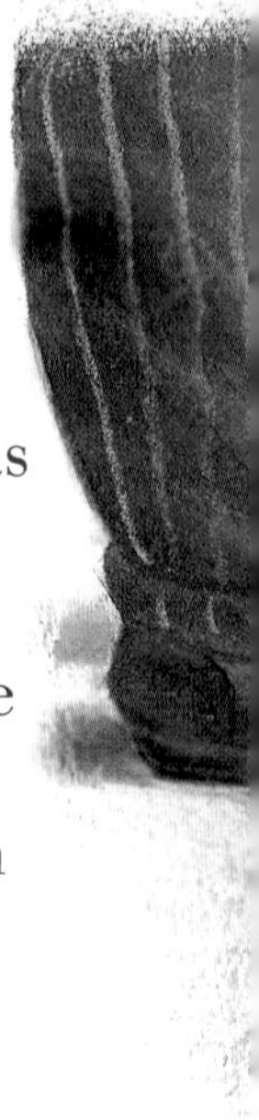

Ein ganzes Heer von Spionen würde ausrücken und ihn im Handumdrehen einkreisen. Flucht war zwecklos.

»Na, mein Junge«, würde einer der Männer sagen, »was machst du denn da Lustiges?«

»Och, nur so ein Spiel«, würde Hermann antworten, »um herauszukriegen, ob heute Montag ist und ich in die Schule gehen muß…«

»Interessant«, würde ein anderer mit schiefem Grinsen sagen, »und wem hast du mit deinem Spielchen die Formel für unsere Supergeheimwaffe übermittelt?«

»Keine Ahnung«, würde Hermann erwidern, »das war reiner Zufall, bestimmt!«

Die Spione würden vielsagende Blicke wechseln.

»Das ist einer von der harten Sorte«, würde der erste Mann murmeln. »Na, der Chef hat seine Mittel, um mit Burschen wie dir fertig zu werden. Verlaß dich drauf, du wirst uns alles erzählen. Nehmt ihn mit!«

Und dann würden sie Hermann mit Chloroform betäuben, fesseln und knebeln und in den Kofferraum ihres Autos packen.

Niemand würde je wieder von ihm hören.

Da und dort gingen Leute über den Platz, die meisten mit Regenschirmen, und Hermann fragte sich, wie sie einfach so unbekümmert herumlaufen konnten, ohne an irgendeine Gefahr zu denken. Und dann wurde ihm plötzlich siedeheiß, trotz des Regens, der ihm in die Ärmel und hinten in den Mantelkragen kroch, denn er bemerkte drei finster aussehende Männer mit schwarzen Hüten und in schwarzen Regenmänteln, die langsam, aber geradewegs auf ihn zukamen und ihn nicht aus dem Auge ließen.

Sie kamen also tatsächlich!

Hermann rannte, so schnell er konnte, erst über den Platz, dann in eine Seitenstraße und nochmal um eine Ecke. Im Laufen schaute er zurück. Offenbar verfolgte ihn niemand, das konnte aber natürlich eine Täuschung sein. Falls die Spione ihn wirklich umzingelt und eingekreist hatten, würde er ihnen früher oder später in die Arme laufen, wenn er einfach so kopflos weiterrannte.

Er blieb stehen und überlegte. Jetzt war ihm plötzlich kalt, seine Füße waren naß, der Mantel war inzwischen feucht und schwer. Hermann begann zu bibbern.

Er mußte ungesehen von hier wegkommen, das war klar.

Ohne lange zu überlegen, stieg er in einen Lieferwagen, dessen hintere Tür offenstand. Im Laderaum hingen Dutzende von Mänteln, Anzügen und Kleidern. Wahrscheinlich gehörte der Wagen zu einer chemischen Reinigung oder zu einem Bekleidungsgeschäft. Hermann verkroch sich hinter den Sachen. Kaum war er drin, wurde die Tür zugeschlagen, und es war stockfinster. Dann konnte Hermann spüren und hören, wie der Wagen startete und losfuhr.

Nach und nach, während er da hinter den Kleidungsstücken in seiner Ecke im Dunkeln hockte und von der Fahrt durchgeschüttelt wurde, dämmerte ihm die Einsicht, daß ihm möglicherweise seine Phantasie einen schönen Streich gespielt hatte. Wieso war er überhaupt vor den drei Männern weggerannt? Wahrscheinlich wären die einfach an ihm vorbeigegangen, ohne ihn zu beachten. Höchstens, daß sie ihn vielleicht gefragt hätten, warum er hier im Regen herumstand, und sie hätten ihm geraten, nach Hause zu gehen. Möglicherweise waren es überhaupt ganz gewöhnliche Fußgänger gewesen und keine Spione.

Aber für all diese Überlegungen war es jetzt zu spät. Jetzt saß er im Lieferauto in der Finsternis, das mit ihm wer weiß wohin fuhr. Und das hatte er sich selbst eingebrockt. Jetzt fing die Sache an, wirklich und wahrhaftig abenteuerlich zu werden und nicht nur in der Phantasie. Es konnte doch sein, daß dieser Wagen sehr weit weg fuhr, in eine ganz andere Stadt, vielleicht sogar in ein fremdes Land. Wann würde er hier wieder herauskommen? Wenn der Wagen nun in irgendein Lager fuhr und dort tagelang stehen blieb? Er würde verhungern und verdursten. Sollte er schreien und gegen die Wände hämmern, um sich bemerkbar zu machen? Aber wenn ihn niemand hörte? Und wenn doch, was würde man dann mit ihm machen?

Hermann begann ein bißchen zu weinen, nur ganz leise. Er wäre jetzt sehr froh gewesen, bei Papa und Mama zu sein, sogar Carlas Gesellschaft kam ihm beinahe tröstlich vor. Wenn er nur erst mal hier heraus war, würde er sofort nach Hause gehen. Oder er würde mit der Untergrundbahn fahren, je nachdem, wie weit es war. Ein bißchen Geld hatte er ja in seiner Tasche. Und dann würde er den Eltern alles gestehen, ganz ehrlich.

Plötzlich hielt der Wagen, dann wurde die hintere Tür geöffnet und Kleider wurden herausgenommen. Ausgerechnet in diesem Augenblick mußte Hermann laut niesen.

Einen Augenblick blieb es still, dann schob ein langer Arm die Kleidungsstücke beiseite, und Hermann schaute in das erstaunte Gesicht eines älteren, dicken Mannes.

»Nanu«, sagte er, »wie kommst du denn da rein, Junge?«

Kurzentschlossen sprang Hermann aus dem Versteck, schubste den Mann beiseite und rannte, was er konnte. Im Laufen warf er einen Blick zurück und sah, daß dem Mann die ganzen Kleider, die er über dem Arm gehabt hatte, auf den Boden und in eine Pfütze gefallen waren. Er zeigte hinter Hermann her und schrie etwas, und sein Gesicht war ziemlich rot.

Tut mir leid, dachte Hermann, aber so ist nun mal das Gesetz des Wilden Westens. Er oder ich. Und ich war der Schnellere. Ich bin überhaupt der Schnellste und gefürchtet in allen Staaten von Alaska bis Mexiko.

Sein Laufen verwandelte sich in einen Galopp.

Die Hufe seines schwarzen Hengstes Sturmwind donnerten über die Prärie.

Er fühlte sich frei und froh und stieß ein gellendes »Jippijoho« aus. Wieder einmal war er seinen Häschern entkommen.

Nach kurzem, scharfem Ritt erreichte er den Fuß der Blauen Berge, und dort lag auch schon der Eingang zu der geheimen Schlucht, den nur er kannte. Keiner der Kopfgeldjäger würde ihn jetzt mehr finden, keiner würde sich die hunderttausend Dollar verdienen, diesen schändlichen Preis, der auf unzähligen Steckbriefen im ganzen Wilden Westen auf ihn, Hermann, genannt Hermy, der Rächer der Entrechteten, ausgesetzt war. Nichts und niemand konnte ihn abhalten, es den reichen und mächtigen Schurken heimzuzahlen, mochten sie nun Bürgermeister sein oder Sheriff oder Richter. Keiner würde seiner gerechten Strafe für das bittere Unrecht entgehen, das sie ihm zugefügt hatten.

Hermy, der Rächer der Entrechteten, zügelte sein Pferd, daß es sich bäumte, um zu überlegen, was für ein bitteres Unrecht das gewesen sein könnte. Während er die Landschaft um sich her mit seinem Adlerblick durchforschte, erlosch das verächtliche Lächeln auf seinen Lippen und machte einem eher ratlosen Gesichtsausdruck Platz.

Offensichtlich war er in einem oberen Stockwerk eines Abbruchhauses gelandet, und er hatte keine Ahnung, wie er überhaupt hierher gekommen war.

Er stand in einem Zimmer, dessen Fenster zerbrochen waren, an den Wänden hingen die Reste von Tapeten und ein paar elektrische Leitungen, in der Decke waren Löcher und auf dem Fußboden lagen alle möglichen Brocken herum. Die Türen waren alle entfernt worden.

Hermann inspizierte die anderen Zimmer. In einem fehlte sogar die Seitenwand, man konnte in den Hof hinunterschauen, wo inmitten von Schutthaufen und Pfützen ein großer Bagger stand, der aber im Augenblick nicht in Betrieb war. Vielleicht machten die Arbeiter gerade Pause wegen des Regens, der jetzt immer stärker wurde.

Hermann ging nahe an den Rand und spähte hinunter. Das Zimmer lag im zweiten Stock. Als der Boden leise knackte und Schutt sich löste, zog er es vor, doch lieber wieder vom Rand zurückzutreten.

Im Treppenhaus fehlte das Geländer, trotzdem stieg Hermann in die höheren Stockwerke hinauf. Aber er fand nichts Interessantes, alle Wohnungen waren leer. Erst als er schließlich sogar den Speicher durchsuchte, entdeckte er dort ein paar alte, halb verschimmelte Koffer.

Der kalte Wind wehte durch die offenen Dachluken, und Hermann begann, leise mit den Zähnen zu klappern. Trotzdem wollte er nicht weggehen. Die geheimnisvollen Gepäckstücke übten eine unwiderstehliche Anziehungskraft auf ihn aus.

Eine innere Stimme sagte ihm, daß darin Schätze verborgen waren. Es konnte ja gar nicht anders sein. Sein Herz begann vor Aufregung wild zu klopfen.

Vor längerer Zeit hatte in diesem Haus einmal ein indischer Maharadscha gewohnt – unerkannt natürlich und unter einem ganz normalen Namen wie Lehmann oder Huber –, der seine ganzen Schätze hier oben auf dem Speicher versteckt hatte und später nicht mehr dazu gekommen war, sie abzuholen. Oder noch besser wäre ein Pirat. Ja, es handelte sich um das Gepäck eines weltberühmten Seeräubers. Er war schon vor hundert Jahren gefangen und gehenkt worden, aber seinen Schatz hatte man vergeblich gesucht, weil alle ihn in einem Versteck an einer wilden Felsenküste oder auf einer gottverlassenen Insel vermuteten – nur nicht hier, auf dem Speicher eines ganz gewöhnlichen Mietshauses. Dazu mußte man eine so unfehlbare Spürnase haben, wie nur Hermann sie besaß.

Wenn er jetzt die Koffer öffnete, dann würde zuoberst auf einem glitzernden Haufen von Goldmünzen, Perlenketten und Edelsteinen ein uraltes, brüchiges Pergament liegen, auf dem ungefähr Folgendes stand:

»Ich, Jonathan Jakob Black, Kapitän und Hauptmann des auf allen sieben Meeren gefürchteten Freibeuterschiffes Windsbraut, vermache diesen durch Raub und Mord erworbenen Schatz demjenigen, der ihn findet, wer auch immer es sein mag, unter der einzigen Bedingung, daß er ihn zum Wohle von Mensch und Tier verwendet, auf daß meine zur Hölle verdammte Seele dermaleinst Ruhe und Frieden finden möge. Tut er es aber nicht, so werde ich ihm als Gespenst auf Schritt und Tritt folgen und ihm zuletzt ein gräßliches Ende bereiten.«

Und darunter würde ein Totenkopf mit zwei gekreuzten Knochen gemalt sein.

Hermann mußte mehrmals hintereinander heftig niesen. Er kramte sein Taschentuch aus der Hosentasche, aber es war schon voll und ganz naß. Er steckte es wieder ein und wischte sich die Nase am Ärmel seines Mantels ab.

Dann bückte er sich, um den Koffer zu öffnen.

»Nichts drin«, sagte ein Haufen Zeitungspapier in der Speicherecke plötzlich laut und deutlich, »hab auch schon nachgeschaut.«

Hermann war so erschrocken, daß er buchstäblich kein Glied mehr rühren konnte. Er fühlte, wie seine Kopfhaut prickelte, als würde sie mit tausend Nadeln gepikt. Es war die Empfindung, die in manchen Gruselgeschichten gemeint ist, wenn es heißt, daß einem die Haare zu Berge stehen.

Der Haufen Zeitungspapier rührte sich, und zum Vorschein kam ein alter Mann, der einen zerrissenen Mantel anhatte, Ohrenschützer und eine fleckige Mütze trug und sich nun umständlich eine Brille aufsetzte. Seine Nase war rot und knollig, und sein Kinn zierte ein weißer Stoppelbart. Er musterte den Neuankömmling mit verschmitzten, etwas entzündeten Augen.

»He, Kumpel«, sagte er heiser und winkte zum Gruß, »guten Morgen oder guten Abend, je nachdem.«

Hermanns Schreck ließ langsam nach, der alte Kerl sah nicht direkt gefährlich aus. Er hob also auch eine Hand und sagte fast tonlos: »He!«

»Wie geht's der Welt?« wollte der Alte wissen. »Gibt es sie noch oder ist sie schon untergegangen?« Hermann wußte nicht, was er sagen sollte, und zuckte nur die Achseln.

»Ich hab nämlich ungefähr hundert Jahre geschlafen«, fuhr der Alte fort und stand auf. »Glaubst du nicht? Dann laß es, wirst es schon noch glauben.

Zeit ist etwas Relatives. Für einen vergeht sie schnell, für den anderen langsam. Das macht den Umgang mit Menschen so schwierig. Wie soll man da miteinander reden, wenn man sich bloß mal grade unterwegs überholt. Was war gestern für ein Tag, Kumpel?«

»Sonntag«, antwortete Hermann, »oder jedenfalls behaupten das alle.«

Der Alte warf ihm einen raschen Blick zu, dann nickte er. »Siehst du, was hab ich gesagt.« Er streckte sich und gähnte. »Komm, Kumpel, wollen mal nachsehen, ob wir was zum Frühstücken finden.«

Hermann folgte dem Mann zögernd in einen anderen Speicherraum. Irgendwie fühlte er sich geehrt durch die Anrede Kumpel, aber irgendwie schien sie ihm auch wieder etwas übertrieben. Er war ja zwar eine Art Vagabund, aber doch nicht gleich so!

In einer Ecke standen und lagen mehrere Flaschen herum, in einigen war noch ein bißchen Rotwein oder ein Rest Bier. Der Alte trank alles der Reihe nach aus. Hermann beobachtete ihn dabei.

»Wie heißt du eigentlich?« fragte der Alte.

»Hermann.«

»Ich heiße Albert, aber das brauchst du dir nicht zu merken. Alle nennen mich Einstein. Brauchst nur nach Einstein zu fragen, sogar auf der Polizei. Kennen mich alle. Willst du auch 'n Schluck?«

Hermann schüttelte den Kopf. Einstein musterte ihn eingehend durch seine Brille.

»Meinst wohl, du bist noch zu jung für'n ordentlichen Schluck, wie? Soll ich dir mal was sagen, Hermann? Ich bin kaum älter als du, wetten wir? Wie alt bist du?«

»Neun«, antwortete Hermann nicht ganz wahrheitsgemäß.

»Na bitte, was hab ich dir gesagt«, fuhr Einstein fort und nickte tiefsinnig. »Ich bin in Wirklichkeit erst achtzehn, ein Jüngling von achtzehn Jahren bin ich. Das sieht man mir nur nicht an, weil – ich hab einfach schneller gelebt, verstehst du, Kumpel? Viel schneller. Zeit ist eben relativ.«

»Wirklich?« fragte Hermann, den dieser Gedanke zunehmend faszinierte. »Wie ist denn so was möglich?«

Einstein hustete lang und ausführlich.

»Hast du mal 'ne Zigarette für mich, Kumpel?« krächzte er dann.

Hermann schüttelte den Kopf.

»Nichtraucher, wie?« fragte Einstein. »Naja, ich rauche auch nicht – jedenfalls wenn ich schlafe. Im Schlaf bin ich Nichtraucher. Ist eben alles relativ, was man ist. Hast du Geld?«

»Bloß mein Taschengeld.«

»Viel?«

»Sechs Mark«, murmelte Hermann.

»Das reicht«, stellte Einstein fest.

»Wofür?« fragte Hermann.

Einstein überlegte einige Augenblicke, dann erklärte er: »Ich meine, du bist reich. Ich könnte auch reich sein. Wir könnten beide reich sein, wenn du willst, natürlich.«

»Mit sechs Mark?« meinte Hermann zweifelnd. »Das nennen Sie reich?«

»Das ist auch relativ«, sagte Einstein. »Für sechs Mark kann man viel Geld kaufen. Eine ganze Menge Geld, Hermann. Hunderte, tausende vielleicht. Möchtest du tausend oder zweitausend Mark haben, Kumpel?«

Das wollte Hermann natürlich schon, aber er traute der Sache nicht.

»Man kann doch nicht für wenig Geld viel Geld kaufen«, sagte er, »da wäre es ja ganz einfach, Geld zu verdienen. Da müßte ja niemand mehr arbeiten.«

»Arbeite ich vielleicht?« erwiderte Einstein. »Nein, Hermann, das tue ich schon lange nicht mehr. Kein vernünftiger Mensch tut das. Hast du schon mal was von Zinsen gehört, Kumpel?«

Hermann nickte unsicher. Gehört hatte er das Wort schon öfter, aber was es genau bedeutete, wußte er nicht.

Einstein fuhr fort: »Ich erklär dir's, Hermann. Zinsen, das bedeutet, wer erst mal Geld hat, der braucht nichts mehr zu tun. Das Geld vermehrt sich ganz von allein. Es wird immer mehr und immer mehr. Sozusagen aus nichts. Hört sich an wie ein Zaubertrick, nicht wahr? Ist ja auch einer, aber einer, der wirklich funktioniert. Ich würd's dir beweisen, Hermann, wenn ich nicht zufällig gestern mein ganzes Kapital ausgegeben hätte. Und ganz ohne geht es nicht am Anfang.«

»Wieso vermehrt es sich?« fragte Hermann. »Wie soll denn das gehen?«

Einstein schob seine Brille auf die Stirn.

»Das ist einem Laien sehr schwer zu erklären. Zufällig bin ich Fachmann auf diesem Gebiet. Ich werd's so einfach wie möglich machen, aber du mußt genau aufpassen. Also, nehmen wir an, ich bin eine Bank und du bist du. Jetzt gibst du mir, sagen wir mal, hundert Mark. Die läßt du ein Jahr lang auf der Bank, also bei mir, liegen. Nach einem Jahr gebe ich dir die hundert Mark zurück und noch zehn Mark dazu. Jetzt gibst du mir die hundertzehn Mark. Nach einem Jahr bekommst du von mir, das heißt von der Bank, schon elf Mark dazu, weil du mir ja diesmal mehr Geld gegeben hast als beim ersten Mal. Nach zwei Jahren hast du also schon hunderteinundzwanzig Mark. Und so geht das eben immer weiter. Jedes Jahr wird es mehr Geld, ganz von selbst. Das nennt man Zins und Zinseszins. Tolle Sache, findest du nicht?«

»Schon«, meinte Hermann, »nur, es dauert ziemlich lang.«

Einstein nickte wieder auf seine tiefsinnige Art.

»Da hast du allerdings recht, Kumpel. Das ist genau der Punkt. Und deswegen bin ich Zeitreisender geworden, wie ich dir ja schon sagte.«

»Was geworden?« fragte Hermann verwundert.

»Zeitreisender«, erklärte Einstein. »Noch nie was davon gehört? Ein sehr moderner Beruf. Gibt's erst seit meinem Namensvetter, diesem Professor da. Manche Leute reisen von einem Ort zum anderen, hin und wieder zurück. Die reisen im Raum. Ein Zeitreisender reist in die Vergangenheit oder in die Zukunft, zum Beispiel ins vorige Jahr oder hundert Jahre zurück oder ins nächste Jahrtausend.«

Hermann starrte den Alten mit offenem Mund an.

»Waren Sie wirklich schon mal in der Zukunft?«

»Klar«, sagte der Alte, »dutzende Male.«

»Und wie ist es da?« wollte Hermann wissen.

Einstein verzog den Mund. »Nichts Besonderes.

Ziemlich langweilig sogar.«

»Könnten Sie...«, stotterte Hermann, »...könnten Sie mich da mal mitnehmen?«

Der Alte kratzte sich durch die Mütze hindurch am Kopf und machte ein sorgenvolles Gesicht.

»Tja, also weißt du – ich fürchte, das wird nicht gehen. Du hast ja sicher davon gehört, wie lang die Astronauten trainieren müssen, bis sie eine Reise ins Weltall aushalten können. Bei uns Zeitreisenden ist das sogar noch schwieriger. Ich habe jahrelang trainiert, bis ich soweit war. Ich fürchte, du würdest glatt tot umfallen, wenn ich dich mitnehmen würde. Das will ich nicht verantworten. Täte mir leid um dich, weil du wirklich ein prima Kumpel bist, Hermann.«

»Ach so«, sagte Hermann enttäuscht, »Sie haben mich bloß auf den Arm genommen.«

Einstein schob die Brille wieder auf seine Nase und blickte den Jungen beleidigt an. »Glaubst du vielleicht, ich schwindle? Dann tut's mir leid, Hermann. Dann brauchen wir nicht länger miteinander zu quatschen.«

Er stand auf und wollte weggehen.

»Beweisen Sie's doch!« rief Hermann trotzig.

Einstein blieb stehen und drehte sich langsam um.

»Ich hab dich doch gefragt, ob du vielleicht 'ne Menge Geld haben willst. Aber du willst ja nicht. Tut mir leid.«

»Wo ist da der Beweis?« fragte Hermann.

»Das würdest du schon sehen«, sagte der Alte. »Wären zehntausend oder hunderttausend Mark vielleicht kein Beweis?«

»Hunderttausend?« flüsterte Hermann. »Wirklich?«

»Kann auch mehr sein«,

fuhr Einstein in beiläufigem Ton fort.

»So viel du willst. Wie wär's mit einer Million?«

Hermann verschlug es die Sprache.

»Aber natürlich«, setzte der Alte hinzu, »brauche ich erst mal ein Anfangskapital, denn aus nichts wird nichts. Deine sechs Mark würden genügen.«

»Wie würden Sie das denn machen?«

»Hast du das noch nicht kapiert, Kumpel? Ist doch ganz einfach. Ich reise hundert Jahre in die Vergangenheit und eröffne dort mit deinem Geld ein Konto auf einer Bank. Dann komme ich in die Gegenwart zurück und gehe in die gleiche Bank. In den hundert Jahren hat sich das Geld natürlich schon ganz schön vermehrt, verstehst du? Jetzt laß ich mir alles auszahlen und reise damit wieder hundert Jahre zurück. Dort zahle ich alles wieder ein, kehre in die Gegenwart zurück und hebe alles wieder ab. Und das mache ich so oft, bis ich die gewünschte Summe beisammen habe. Ist doch ein Kinderspiel. Also, wieviel willst du? Brauchst es nur zu sagen.«

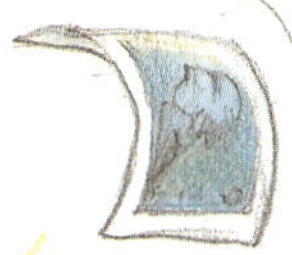

»Und Sie würden mir wirklich eine Million mitbringen?«

»Kein Problem, Kumpel.«

»Und wie lange würde das dauern?«

Einstein schüttelte etwas ärgerlich den Kopf. »Du hast immer noch nichts begriffen, Hermann. Das würde überhaupt nicht dauern, weil ich doch zu jedem beliebigen Zeitpunkt hierher zurückreisen kann.«

Er überlegte einen Augenblick und meinte dann: »Naja, sagen wir mal, in einer halben Stunde bin ich wieder hier. Nur so als Sicherheitsspielraum für alle Fälle.

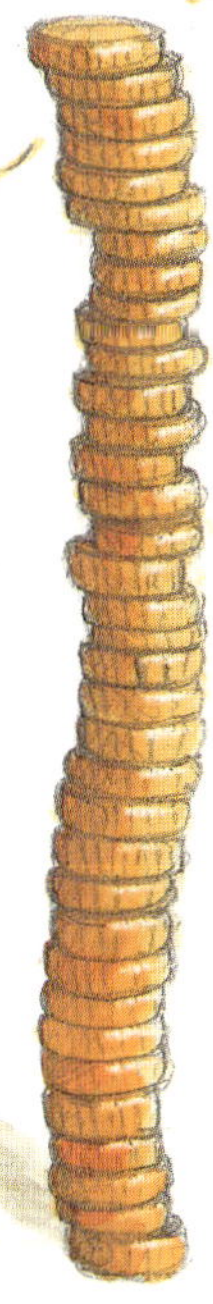

Einverstanden?«

Hermann war verwirrt und schrecklich aufgeregt. Er kramte sein kleines Portemonnaie aus der Tasche und gab dem Alten die sechs Mark.

»Aber kommen Sie auch bestimmt wieder, Herr Einstein?«

»Was denkst du denn von mir!« sagte der.

»Ich hab noch nie einen Kumpel sitzen lassen. Also, in einer halben Stunde. Und lauf nicht weg, hörst du!«

»Bestimmt nicht. Und vielen Dank.«

Einstein schien es plötzlich eilig zu haben. Ohne sich noch einmal umzudrehen, brummte er im Weggehen nur noch »Keine Ursache, Kumpel!«, dann war er verschwunden.

Draußen rauschte der Regen, Hermann saß auf einem der alten schimmeligen Koffer und wartete auf die Rückkehr des Zeitreisenden.

Er versuchte, sich vorzustellen, wieviel eine Million Mark eigentlich war, aber er konnte es nicht. Er wußte nur, daß es sehr, sehr viel Geld war. Vielleicht paßte es gar nicht alles in seinen Schulranzen hinein. In diesem Fall würde er einfach einen dieser alten Koffer benützen. Irgendwie würde er es schon nach Hause bringen.

Dann malte er sich aus, was Vater und Mutter für Gesichter machen würden, wenn sie die Million sähen. Davon, daß er heute Schule geschwänzt hatte, würde ganz bestimmt keine Rede mehr sein. Im Gegenteil, sie würden ihn sogar loben und ganz außerordentlich bewundern. Sie würden furchtbar stolz auf ihn sein und ihn dem Schwesterchen als leuchtendes Vorbild hinstellen – obwohl Carla natürlich noch zu dumm war, um das wirklich zu verstehen.

Dann überlegte er, was er für die Million alles kaufen könnte. Ein neues Auto für den Vater, Kleider und Pelzmäntel für die Mutter, für sich selbst die elektrische Eisenbahn mit der Spurbreite 00 und das Aquarium für Warmwasserfische, das er sich schon so lang wünschte, und vielleicht noch Eishockeyschlittschuhe und ein Luftdruckgewehr und, wenn dann noch Geld übrig war, ein Zwölfgang-Rennrad.

Ab und zu mußte er niesen. Er fror immer stärker und fing an, sich wirklich elend zu fühlen.

Warum kam Einstein nicht zurück? Die halbe Stunde war längst um.

Hermann versuchte sich vorzustellen, wie eine solche Zeitreise wohl vor sich ging und was man dabei fühlte, wenn die Tage, Wochen und Monate an einem vorbeirasten.

Vielleicht war es mit Kopfweh oder Bauchschmerzen verbunden, oder mit Schwindelgefühlen und sogar Bewußtlosigkeit. Einstein hatte doch gesagt, daß man erst lange trainieren mußte, ehe man es aushielt. Vielleicht hing es mit diesen übermenschlichen Anstrengungen zusammen, daß er schon so alt aussah, obwohl er doch erst achtzehn Jahre alt war.

Wer weiß, was für Gefahren er jetzt gerade bestehen mußte. Aber daran war er ja natürlich gewöhnt. Vielleicht versuchte er schon die ganze Zeit zurückzukehren und konnte es nicht, weil er sich den heutigen Tag nicht genau gemerkt hatte. In dieser Hinsicht schien er es ja nicht gerade besonders genau zu nehmen, weil er nicht mal gewußt hatte, daß gestern Sonntag war. Am Ende war er jetzt zu einem ganz falschen Tag zurückgekehrt, zum Beispiel zu Übermorgen oder Vorgestern. Und da saß er nun und wunderte sich, warum Hermann nicht da war.

Nachdem er ungefähr zwei Stunden gewartet hatte, schien es ihm sicher, daß irgend etwas Unvorhergesehenes die Rückkehr Einsteins verhindert hatte. Helfen konnte er ihm nicht, aber noch länger zu warten, hatte auch keinen Sinn mehr. Außerdem war ihm inzwischen so kalt, und er fühlte sich so miserabel, daß er beschloß, doch lieber noch in die Schule zu gehen, wo es wenigstens warm und trocken war.

Er holte einen Buntstift aus seinem Ranzen und schrieb mit großen Buchstaben an die Wand:

LIBER HERR EINSTEIN
KONNTE NICH MER LENGER WARTEN
BITTE SCHIKEN SIE DIE MILJON
ZU MIR NACH HAUSE
IHR KUMPEL HERMANN

Dann verließ er den Speicher, stieg die brüchige Treppe hinunter und ging aus dem Haus. Es regnete noch immer.

Eine Weile irrte Hermann durch Straßen, die ihm allesamt völlig unbekannt waren. Dann entdeckte er den Eingang zu einer U-Bahn-Station und stieg hinunter. Er wußte ja, welche Linie in die Nähe der Schule fuhr, nur wußte er nicht, ob es diese Linie hier überhaupt gab oder wo er in sie umsteigen konnte. Während er nach einem Hinweisschild oder einem Linienplan suchte, fiel ihm plötzlich ein, daß er bei seiner Botschaft an Einstein vergessen hatte, seine Adresse dazuzuschreiben. Und ohne die konnte der Zeitreisende ihn ja unmöglich finden. Er beschloß, noch mal in das Abbruchhaus zurückzugehen, denn schließlich ging es ja um eine Million. Doch dann blieb er plötzlich wie vom Donner gerührt stehen.

Da saß Einstein in einer schmutzigen Ecke auf dem Boden und schlief. Neben ihm stand eine leere Weinflasche.

Mit einem Schlag war Hermann alles klar. Der Mann hatte ihn ganz einfach reingelegt. Er hatte ihm das Geld abgeschwindelt, um sich zu betrinken. Das war also seine ganze Zeitreise gewesen.

Hermann überlegte, was er jetzt tun sollte. Ihn wecken? Aber wozu? Sein Geld würde er ganz bestimmt nicht zurückbekommen, das hatte der Alte ja längst verbraucht. Auf die Polizei gehen? Dort würden sie ihn bestimmt fragen, wie er hierher käme und warum er nicht in der Schule wäre, dann würde alles herauskommen. Und was würden sie dann mit ihm machen? Wurde man für Schuleschwänzen eingesperrt? Hermann war sich nicht sicher.

Während er noch nachdachte, sah er zwei Beamte von der Funkstreife in schwarzen Lederjacken kommen. Er versteckte sich schnell hinter einer Säule und beobachtete, wie die Polizisten sich über Einstein beugten und ihn wach schüttelten. Der lallte bloß irgend etwas und schien keine Lust zu haben aufzustehen. Sie packten ihn unter den Armen, zogen ihn hoch und führten ihn zwischen sich weg. Als sie an Hermann vorbeikamen, schaute der Penner ihm ins Gesicht, aber er schien sich nicht an den Jungen zu erinnern.

»'tschuldigung, meine Herren«, hörte Hermann ihn zu den Polizisten sagen, »in welchem Jahrhundert sind wir eigentlich gerade?«

Aber die gaben ihm keine Antwort.

Hermann starrte gedankenverloren hinter ihnen her, auch als sie schon lange außer Sicht waren.

Nein, so wollte er nicht werden wie dieser Einstein! Obwohl er auf dem besten Weg dazu war, das stand ihm jetzt klar vor Augen. Der Unterschied zwischen ihnen beiden bestand eigentlich nur darin, daß er selbst eben erst damit anfing, während Albert schon sein ganzes Leben geschwänzt hatte.

Hermann beschloß, auf der Stelle ein neuer Mensch zu werden. Von jetzt an wollte er ein braver Junge sein, ein Muster an Fleiß und guten Manieren, eine Freude für seine Eltern und Lehrer. Er würde jetzt sofort in die Schule gehen und ehrlich seine Schuld eingestehen, ganz gleich, welche Strafe ihn erwartete. Es wäre ja sowieso die letzte, weil dergleichen nie wieder vorkommen würde.

Dieser gute Vorsatz erwies sich allerdings schon im nächsten Augenblick als sehr schwer durchführbar. Er hatte ja kein Geld mehr, und ohne Geld konnte er keine Fahrkarte kaufen, und ohne Fahrkarte konnte er nicht mit der U-Bahn fahren, das heißt, er konnte schon, aber dann mußte er schwarz fahren. Das bedeutete, daß er, um sein tugendhaftes Leben zu beginnen, erst mal eine neue Missetat begehen mußte. Und wenn man ihn dabei erwischte, dann mußte er fünfzig Mark Strafe zahlen, und die hatte er nicht, und deshalb würde er ins Gefängnis gesteckt werden, und dann würden seine Eltern davon benachrichtigt werden, und die würden sich von ihm lossagen und nichts mehr mit ihm zu tun haben wollen...

Hermann begann leise zu schluchzen, und der Rotz lief ihm aus der Nase.

Trotzdem, er mußte es tun, es blieb ihm gar nichts anderes übrig. Er mußte es wenigstens versuchen, auch wenn er fast schon sicher war, daß man ihn erwischen würde. Schluchzend studierte er den Linienplan, der in einem erleuchteten Schaukasten hing, und stellte fest, daß er erst mit der Linie 8 bis zum Stadtzentrum fahren und dort in die Linie 5 umsteigen mußte, die in die Gegend seiner Schule fuhr. Schluchzend ging er durch die Sperre, wo er eigentlich die Fahrkarte in den Automaten hätte stecken müssen. Schluchzend fuhr er auf der Rolltreppe ein Stockwerk hinunter. Schluchzend wartete er auf den Zug der Linie 8 und fuhr damit zum Stadtzentrum. Schluchzend stieg er dort um in die Linie 5. Und die ganze Fahrt über hatte er das Gefühl, daß alle Menschen ihn anstarrten. Er war der Gegenstand des allgemeinen Interesses, und doch hatte er sich noch nie so allein gefühlt.

Als er schließlich an der Station in der Nähe seiner Schule ausstieg und an die Erdoberfläche zurückkehrte, überkam ihn ein großes Gefühl der Erleichterung. Niemand hatte ihn angeredet, kein Kontrolleur hatte ihn nach der Fahrkarte gefragt, alles war noch einmal gut gegangen. Das Schicksal hatte Gnade walten lassen. Er hörte auf zu weinen. Er fühlte sich dem lieben Gott oder seinem Schutzengel gegenüber so von Herzen dankbar, daß er es kaum erwarten konnte, seinen guten Willen zu beweisen.

Er bog um die letzte Ecke und sah das Schulhaus vor sich.

Das große Eingangstor stand offen, und gerade in diesem Augenblick ergoß sich lärmend und schreiend ein Strom von Kindern auf die Straße, auch seine Klassenkameraden waren darunter. Die Schule war aus, er war endgültig zu spät gekommen, und daran konnte auch all sein guter Wille nichts mehr ändern.

Hermann versteckte sich in einem Hauseingang, um von den anderen Kindern oder gar einem der Lehrer nicht gesehen zu werden. Als endlich alle fort waren, machte auch er sich schniefend und niesend auf den Weg nach Hause. Er war erbittert. Seine guten Vorsätze interessierten im Grunde niemanden, nicht einmal den lieben Gott – sonst hätte der es ja ganz leicht ein bißchen anders einrichten können. Irgendeine Art von Anerkennung – eine ganz kleine wenigstens – hatte er schließlich verdient.

Und wenn er jetzt nach Hause kam, dann würde auch dort alles so weitergehen wie bisher mit »Hermann, tu dies!« und »Hermann, laß das sein!« und mit Carla und allem. Und er wäre wieder der Herr Niemand aus Nirgendhausen. Wie soll sich einer da bessern? Jetzt hatte er überhaupt keine Lust mehr dazu. Er konnte nur hoffen, daß er sich eine Lungenentzündung geholt hatte und bald daran sterben würde.

Als er die Tür der Wohnung leise hinter sich zumachte, rief die Mutter aus der Küche: »Hermann, bist du's?«

Da er nicht antwortete, kam sie in den Flur und erschrak sichtlich bei seinem Anblick.

»Um Himmelswillen, was ist denn los mit dir? Bist du ins Wasser gefallen, Hermann? Du bist ja patschnaß. Und wieso bist du so dreckig?«

Hermann antwortete immer noch nicht. Er fühlte sich jetzt wirklich sehr elend. Er zitterte am ganzen Leib, und die Zähne schlugen ihm leise aufeinander. Schweigend und mit gesenktem Kopf wartete er darauf, gründlich ausgeschimpft zu werden. Sollte sie doch, es war ihm ganz egal.

»Komm, zieh schnell das nasse Zeug aus!« sagte die Mutter und half ihm dabei. »Ich glaube, du bist krank, Manni. Du hast dich ja schlimm erkältet.«

Manni hatte sie schon lange nicht mehr zu ihm gesagt.

Sie zog ihn ins Wohnzimmer und legte ihm die Hand auf die Stirn.

»Du hast ja Fieber, Kind«, sagte sie sehr besorgt.

Im Schlafzimmer begann das Schwesterchen zu schreien.

»Carla weint«, sagte Hermann.

»Ja, ja«, antwortete die Mutter, »aber jetzt müssen wir uns erst mal um dich kümmern, Manni. Komm, ich mach dir ein heißes Bad, und dann packen wir dich ins Bett und ich mach dir einen Umschlag.«

Während all dies geschah, fragte die Mutter ihn weder aus, was er angestellt hatte, noch sagte sie wie üblich: »Warte nur, bis der Papa nach Hause kommt, dann gibt's was!«, noch schien sie ihm sonst irgendwie böse zu sein. Sie war nur besorgt um ihn, ganz ehrlich besorgt, und zwar mindestens genauso, wie sie es in letzter Zeit um Carla gewesen war, vielleicht sogar eher noch ein klein bißchen mehr.

Als er im Bett lag, bekam Hermann auf einem Tablett Kakao und Buttersemmeln, was er besonders gern mochte, und einen Halswickel, den er weniger mochte.

»Mit der Schule«, meinte die Mutter, »wird es wohl für ein paar Tage nichts sein.«

»Naja«, krächzte Hermann und nieste.

»Erst wenn du wieder gesund bist«, fuhr die Mutter fort. »Ich rufe morgen an und entschuldige dich.«

Hermann druckste ein bißchen herum und gestand dann heiser: »Heut war ich auch schon nicht in der Schule.«

Die Mutter nickte. »Das hab ich mir beinah gedacht.«

Das war alles. Mehr sagte sie nicht. Sie strich ihm nur das Haar aus der Stirn und deckte ihn gut zu.

Am Abend, als der Vater heimkam, hörte Hermann, wie die Eltern im Wohnzimmer erst eine Weile gedämpft

miteinander redeten. Dann kam der Vater an sein Bett und begrüßte ihn und wollte wissen, wie es ihm ging. Und auch er schimpfte überhaupt nicht.

Im Gegenteil, nach dem Abendessen tat er etwas, was er schon lange nicht mehr getan hatte. Er holte ein Buch und las Hermann eine spannende Geschichte vor.

Sie hieß DER LANGE WEG NACH SANTA CRUZ und handelte von einem außerordentlich tapferen Mann, der eine sehr wichtige, geheime Botschaft in eine Stadt namens Santa Cruz bringen mußte.

Je näher er seinem Ziel kam, desto unüberwindlicher schienen die Schwierigkeiten, die sich vor ihm auftürmten. Am Ende schien es wirklich ganz aussichtslos, aber der tapfere Mann schaffte es doch. Und als er zuletzt mehr tot als lebendig nach Santa Cruz kam, da mußte er feststellen, daß die ganze Stadt leer war. Diejenigen, denen er die Botschaft hatte bringen sollen, waren längst nicht mehr da. Alle seine Anstrengungen waren umsonst gewesen.

Als der Vater fertig gelesen hatte, schwiegen sie beide eine Weile, um ihre innere Bewegung zu meistern.

Schließlich sagte Hermann leise: »Genauso ist es mir heute auch gegangen, Papa.«

Der Vater nickte ernst. »Ich verstehe, mein Junge.«

»Wirklich?« fragte Hermann erstaunt.

»Ja«, sagte der Vater. »Ich bin auch schon mal nach Santa Cruz geritten.«

Hermann richtete sich auf, und der Vater drückte ihn sanft in die Kissen zurück. »Bleib liegen, Manni. Jeder reitet mal nach Santa Cruz.«

Und nach kurzem Nachdenken fügte er hinzu: »Manche sogar mehr als einmal.«

Hermann schaute den Vater dankbar an. Er fand, daß er einen ganz fabelhaften Papa hatte. Und eine ebenso fabelhafte Mama. Und mit dem Schwesterchen würde er von jetzt an schon irgendwie klar kommen. Vielleicht würde sich ja noch herausstellen, daß es sogar ganz nett war, ein Schwesterchen zu haben – wenn man erst mal vernünftig mit ihm reden konnte.

»Nur eines wüßte ich noch gern«, sagte der Vater. »Hattest du eine geheime Botschaft zu überbringen?«

Hermann überlegte lange, ehe er flüsterte: »Ich weiß nicht … ich glaub schon … aber …«

»Pst!« machte der Vater und legte den Finger an die Lippen. »Sag nichts! Schließlich ist sie doch geheim, nicht wahr?«

Gerade in diesem Augenblick kam die Mutter herein, die währenddessen Carla versorgt hatte. Sie blickte zwischen den beiden hin und her und sagte: »Na, ihr? Ihr seht ja fast aus, als ob ihr eine Verschwörung angezettelt hättet.«

Vater und Sohn wechselten einen Blick, und beide mußten schmunzeln.

»Nehmt ihr mich auch auf?« fragte die Mutter.

Der Vater zwinkerte Hermann zu. »Wollen wir?«

»Klar!« sagte Hermann.

Die Deutsche Bibliothek – CIP-Einheitsaufnahme

Ende, Michael:
Der lange Weg nach Santa Cruz / Michael Ende; Regina Kehn. –
Stuttgart; Wien: Thienemann, 1992
ISBN 3 522 16809 7

Schrift: Bodoni Old Face
Satz: Steffen Hahn FotoSatzEtc. in Kornwestheim
Reproduktionen: C + S Repro in Filderstadt
Druck: J. F. Steinkopf Druck + Buch GmbH in Stuttgart
Bindung: Hollmann in Darmstadt

5 4 3 2 1